folio benjamin

ISBN : 2-07-054806-6
© Éditions Gallimard Jeunesse, 1980, pour le texte
et les illustrations
2001, pour la présente édition
Numéro d'édition: 02988

Loi n° 46-956 du 16 juillet 1949
sur les publications destinées à la jeunesse
Dépôt légal: octobre 2001
Imprimé en Italie par Editoriale Lloyd
Réalisation Octavo

Pef

La belle lisse poire du prince du Motordu

GALLIMARD JEUNESSE

À n'en pas douter, le prince de Motordu menait la belle vie.

Il habitait un chapeau magnifique au-dessus duquel, le dimanche, flottaient des crapauds bleu blanc rouge qu'on pouvait voir de loin.

Le prince de Motordu
ne s'ennuyait jamais.
Lorsque venait l'hiver,
il faisait d'extraordinaires
batailles de poules de neige.

Et le soir, il restait bien au chaud
à jouer aux tartes
avec ses coussins…

… dans la grande salle
à danger du chapeau.

Le prince vivait à la campagne.
Un jour, on le voyait mener paître
son troupeau de boutons.
Le lendemain, on pouvait l'admirer
filant comme le vent
sur son râteau à voiles.

Et quand le dimanche arrivait,
il invitait ses amis à déjeuner.
Le menu était copieux :

Menu du jour

- Boulet rôti
- Purée de petit bois
- Pattes fraîches à volonté
- Suisses de grenouilles

Au dessert

- Braises du jardin
- Confiture de murs de la maison.

Un jour, le père du prince de Motordu,
qui habitait le chapeau voisin,
dit à son fils :
– Mon fils, il est grand temps de te marier.
– Me marier ? Et pourquoi donc,
répondit le prince,
je suis très bien tout seul
dans mon chapeau.

Sa mère essaya
de le convaincre :
– Si tu venais
à tomber salade,
lui dit-elle, qui donc
te repasserait
ton singe ?

Sans compter qu'une épouse
pourrait te raconter
de belles lisses poires
avant de t'endormir.

Le prince se montra sensible
à ces arguments
et prit la ferme résolution
de se marier bientôt.
Il ferma donc son chapeau à clé,
rentra son troupeau de boutons
dans les tables, puis monta
dans sa toiture de course
pour se mettre
en quête d'une fiancée.

Hélas, en cours de route,
un pneu de sa toiture creva.

– Quelle tuile ! ronchonna le prince, heureusement que j'ai pensé à emporter ma boue de secours.
Au même moment, il aperçut une jeune flamme qui avait l'air de cueillir des braises des bois.

– Bonjour, dit le prince en s'approchant
d'elle, je suis le prince de Motordu.
– Et moi, je suis la princesse Dézécolle
et je suis institutrice
dans une école publique, gratuite
et obligatoire, répondit l'autre.
– Fort bien, dit le prince,
et que diriez-vous d'une promenade
dans ce petit pois qu'on voit là-bas ?

– Un petit pois ? s'étonna la princesse,
mais on ne se promène pas
dans un petit pois !
C'est un petit bois qu'on voit là-bas.

– Un petit bois ?
Pas du tout, répondit le prince,
les petits bois, on les mange.
J'en suis d'ailleurs friand
et il m'arrive d'en manger tant
que j'en tombe salade.
J'attrape alors de vilains moutons
qui me démangent toute la nuit !

– À mon avis,
vous souffrez de mots de tête,
s'exclama la princesse Dézécolle
et je vais vous soigner
dans mon école publique,
gratuite et obligatoire.

Il n'y avait pas beaucoup d'élèves
dans l'école de la princesse
et on n'eut aucun mal à trouver une
table libre pour le prince de Motordu,
le nouveau de la classe.
Mais, dès qu'il commença à répondre
aux questions qu'on lui posait,
le prince déclencha l'hilarité
parmi ses nouveaux camarades.

Ils n'avaient jamais entendu
quelqu'un parler ainsi !

Quant à son cahier, il était, à chaque ligne, plein de taches et de ratures : on eût dit un véritable torchon.

lundi

CALCUL

? quatre et quatre : huître

? quatre et cinq : bœuf.

? cinq et six : bronze.

? six et six : bouse.

mardi

Que fabrique un frigo

un frigo fabrique des petits

? garçons qu'on met dans

l'eau pour la rafraîchir.

Mais la princesse Dézécolle n'abandonna
pas pour autant.
Patiemment, chaque jour, elle essaya de lui
apprendre à parler comme tout le monde.

HISTOIRE   jeudi.

Napoléon déclara la guerre
aux puces, il envahit la
Lucie mais les puces
mirent le feu à Moscou
et l'empereur fut chassé
par les vers très froids
qu'il faisait cette année-
là, glaglagla....

je n'ai pas tout
          compris.

Bonne écriture D

– On ne dit pas : j'habite un papillon,
mais j'habite un pavillon.

Peu à peu, le prince de Motordu,
grâce aux efforts constants
de son institutrice,
commença à faire des progrès.
Au bout de quelques semaines,
il parvint à parler normalement,
mais ses camarades le trouvaient
beaucoup moins drôle
depuis qu'il ne tordait plus les mots.

À la fin de l'année,
cependant, il obtint le prix
de camaraderie car,
comme il était riche, il achetait
chaque jour des kilos de bonbons
qu'il distribuait sans compter.

Lorsqu'il revint chez lui,
après avoir passé
une année en classe,
le prince de Motordu
avait complètement
oublié de se marier.

Mais quelques jours plus tard,
il reçut une lettre qui lui rafraîchit
la mémoire.

mardi 4

Cher Motordu

A présent que vous ne
souffrez plus de mots de tête
j'aimerais savoir si vous
aimeriez bien vous marier
avec moi ! Princesse Dézécolle

P.S : vous avez oublié de me rendre
votre livre de géographie. Merci

Il s'empressa d'y répondre,
le jour même.

Et c'est ainsi que le prince de Motordu
épousa la princesse Dézécolle.
Le mariage eut lieu à l'école même
et tous les élèves furent invités.

Un soir, la princesse dit
à son mari :
– Je voudrais des enfants.

– Combien ? demanda le prince
qui était en train de passer
l'aspirateur.
– Beaucoup, répondit la princesse,
plein de petits glaçons
et de petites billes.

Le prince la regarda avec étonnement,
puis il éclata de rire.

– Décidément, dit-il, vous êtes vraiment
la femme qu'il me fallait,
madame de Motordu.
Soit, nous aurons des enfants
et en attendant qu'il soient là,
commençons dès maintenant
à leur tricoter des bulles
et des josettes pour l'hiver…